AF176186

Fuzzy von Breslau

Lustduft

Das erste kleine Fickbuch für Frauen Ü30
geschrieben von einem Mann

Bibliografische Information der Deutschen
Nationalbibliothek:
Die Deutsche Nationalbibliothek verzeichnet diese
Publikation in der Deutschen Nationalbibliografie;
detaillierte bibliografische Daten sind im Internet über
http://dnb.dnb.de abrufbar.

Herstellung und Verlag: BoD – Books on Demand,
Norderstedt

ISBN: 9783756201570

Über den Autor

Einen IQ von 140, hochsensibel und einfach gerne Mann. Bei einem Auto wäre das wohl wie ein Turboantrieb und Formel-1-Reifen für eine Ente. Wenn etwas in diesem Leben passiert, dann meist Extreme und Herausforderungen. Entsprechend interessant war es für den ´70 geborenen Autor, seine Berufung zu finden.

Auch in diesem Werk gibt es ein eigentlich unüberbrückbares Handicap, denn hier geht es, um ganz ehrlich zu sein, lediglich um etwas Archiviertes - dazu später mehr.

Das mit dem Schreiben begann er in den 90er Jahren. Erst in Schickimicki-Werbeagenturen, dann in renommierten Kommunikations-agenturen und schließlich in der Selbstständigkeit. Konzepte und vor allem der Text spielten immer die Hauptrolle in Fuzzys Arbeitsleben. Eine

1

summende selbstgemachte Ungereimtheit hielt ihn dabei immer wachsam, denn er dachte immer wieder:

„Es müsste doch noch ein Medium geben, in dem sich das Verfassen von Texten zu etwas Gutem und Sinnvollem formen ließe".

Nicht, dass Werbetexte nicht sinnvoll wären. Allerdings haben diese Marketingergüsse ganz selten etwas mit dem echten Leben zu tun. Denn sie müssen natürlich einerseits über das Produkt informieren, haben andererseits aber immer die Aufgabe, Bedürfnisse zu wecken, wo eigentlich gar keine sind. So verschaffen sie Marken Ruhm und Geld.

Ja. Bitte mal anders schreiben. Nichts Abgekatertes. Sondern etwas Sinnvolles. Oder wenn schon nicht sinnvoll, dann zumindest das, was aus dem Kopf kommen will, ohne einen Plan oder eine Strategie verfolgen zu müssen.

So kam es zu *Lustduft*. Einem Fickbuch, das alle Sinne einschließt. Besonders aber den

Geruchssinn. Die Krux: Der Autor kann nicht riechen. Ab dem 25. Lebensjahr verließ ihn dieser Sinn. Umso mehr geht es darum, jeden Moment zu genießen, wenn er ist und wie er ist. Gepaart mit den archivierten Geruchserinnerungen in Situationen, die einen besonderen Duft mit sich bringen. Eine leidenschaftlich schöne Wehmut in jedem Augenblick. Ein kleiner Tod.

Prolog

Meine Mutter sagte mir immer, dass Sex etwas sei, bei dem der Mann besonders vorsichtig sein muss. Frauen seien sensibel und würden den Akt an sich immer als etwas eher Unschönes erleben. Es sei eine Art Preis für jede Frau, die dann dafür Geborgenheit, ein Heim und Liebe bekomme. Aber irgendwie auch nicht, denn ich wuchs in Zeiten auf, in denen die Emanzipation *um sich griff*. Also waren Männer grundsätzlich doof, grob und zweite Klasse. Auf jeden Fall auf eine Art und Weise lächerlich und schmierig. So äußerte sich jedenfalls meine Mutter. Mein Vater sagte, wie immer, gar nichts.

Ich werde zwölf gewesen sein, als ich meiner Tante mal einen Klaps auf den Po gab. Sie beugte sich gerade zum Ofen um zu gucken, ob die Pizza darin schon so weit war. Die optimale Situation,

um ein dickes Klatschen zu verursachen! Ich glaube, bis dato – und auch danach - hatte und habe ich nie wieder einen so massiven Angriff auf mich und meine männliche Persönlichkeit erlebt.
Dieser kindlich gemeinte Klapps machte mich zum *Chauvischwein*, *Vergewaltiger* und *Mann*.

Harter Tobak in der beginnenden Orientierungsphase meiner Körperlichkeit. Als ich meinen Fühler, mit knapp 17 und dieser mitgegebenen Unsicherheit, nach Frauen ausstreckte, erlebte ich alles anders als das, was mir Mutter und Tante mit auf den Weg gegeben hatten.

Ich wurde angeleitet und benutzt. Ich führte, dominierte und diente. Ich kostete aus. Konnte nicht genug bekommen. Und: Ich liebte es. Sofort. Und ich liebe es noch immer.
Wenn Frauen an sich glauben und wissen, was sie von einem Mann erwarten. Wenn Sex auch etwas so Gewöhnliches sein kann wie Trinken, Atmen oder Pinkeln. Wenn Sex etwas so Essenzielles ist wie Trauer und Freude, Leben und Tod, dann ist das meine Art Sex.

Umso spannender war es, diese Situationen aus Frauensicht nachzuvollziehen. Es bleibt für mich immer ein Geheimnis, wie Frauen es zulassen können, so viel zu geben.

Es stellt für mich einen unglaublichen Vertrauensvorschuss dar, etwas in den eigenen Körper hineinzulassen. Das wäre mir nicht möglich.* Okay – irgendwann siegt die Natur und die weibliche Geilheit und vielleicht gibt es ein „es muss etwas in diese weiblichen Öffnungen". Nachvollziehbarer wird es dadurch für mich jedoch nicht. Auch wenn dieses In-sich-hineinlassen nicht immer ein bewusster Akt ist, ist doch jede Frau ein Wunder. Eine freigelegte Zerbrechlichkeit, auch wenn es härter zur Sache geht. Und auch wenn es härter wird; da ist noch immer die Wärme, die Nässe und alle Zeichen von Willkommensein.

Ich widme dieses Buch allen Frauen, denen es möglich ist, im Augenblick der Vereinigung, im Hier und Jetzt zu sein. Die diesen Moment voll genießen und weder an gestern noch an morgen denken. Nicht an die Niederlagen, die

Demütigungen oder die Sorgen, die sie mit sich tragen.

Vielleicht daran, dass unsere Tage knapp und endlich sind, denn das kann für den Moment wie eine Prise Salz in einer Speise wirken, die noch süßer werden soll.

Danke, Frauen dieser Welt, ihr seid wunder(voll).

Es gibt nur ein faszinierendes Jetzt – und ich weiß, dass dieses Jetzt für immer ist.

FvB.

---

* Nein, ich bin nicht homophob. Aber ich bin auch nicht schwul. Und ich habe weder den Drang, noch die Sehnsucht nach einem fremden Körperteil in einer meine Körperöffnungen. Oder doch?

Wie unangenehm.

Mit wem war sie denn da gerade fast Gesicht an Gesicht?

Erste von sechs Leidenschaftlichkeiten

Es war ein Scheißtag. Die Stufen bis hinauf in ihre Wohnung erscheinen heute endlos. Helle Marmoroptik. Nichts ist langweiliger als kalte, cremefarbene, bräunlich durchzogene Marmoroptik. Es riecht sauber und metallisch, wie die Stäbe des schwarzen Geländers und der rote alte Plastikhandlauf. „Warum werden Orte wie Treppenhäuser immer so lieblos gemacht?", murmelt sie zu sich selbst. Es könnte doch bereits ab der Haustür einfach schön sein.

Noch sieben Stufen. Das weiß sie, weil die Marmoroptik an der achten Stufe ein süßes Häschen mit einem braunen Steinschleier in den cremefarbenen Marmor zeichnet. Es sitzt zusammengekauert im Marmor und ein Ohr steht merkwürdig nach rechts oben ab. Das Häschen kann nur sie allein erkennen. So wie früher, als sie als einziges Kind in Wolkenbildern ganze Welten erahnen konnte. Sie konnte in diese Welt der Bilder eintauchen und dort für eine Weile zu Hause und geborgen sein.

Wenn sie gleich die Wohnungstür aufschlösse, käme sie wieder in so eine Geborgenheit. Es würde wieder gut riechen. Gut nach ihr. Eine Mischung aus Kapselkaffeemaschine, frischer Farbe, Ikea, der Vitrine von Oma, Boss Orange und ein ganz bisschen ihr selbst. Nach Zuhause eben. Und auf jeden Fall würde sie diese kalte Beleuchtung aus dem Treppenhaus aussperren. Wenn dann gleich die Tür ins Schloss fiele und sie sich, wie im Film, an der Tür herunterrutschen ließe und mit dem Po auf dem roten Veloursteppich landete, wüsste sie: Jetzt ist Ruhe. Wochenende. Langes Wochenende, denn Montag ist Feiertag.

Endlich die letzte Stufe. Drei Schritte über den Etagenflur bis zur Wohnungstür. Klack, klack, klack in den gemütlichen Highheels. Zeit genug, den Schlüssel aus der großen, dunkelgrünen Liebeskind zu fischen. Dann doch noch mal stehen bleiben vor der Tür. Etwas tiefer in die Handtasche greifen. Wie ein zappelndes Metallinsekt klimpert der Schlüsselbund. Rein ins Schloss. Ein, zwei, drei Mal die Drehbewegung mit dem Handgelenk. Das erst seit sechs Wochen gewohnte Knacken beim Überdrehen des Schlosses, damit der Bolzen den Zugang freigibt. Die Tür springt auf. In die Wohnung gehuscht, das Treppenhauslicht mit einer etwas übertriebenen Bewegung und garstigem Nasekräuseln abgeschnitten.

Das kleine Nachtlicht in ihrem Wohnungsflur reagiert auf die Bewegung und mit dieser milden, orangeroten Lichtumarmung ist sie endlich zu Hause.

Mantel und Schuhe noch an, rutscht sie, noch während das Schloss endgültig einklackt und die Tür ranrummst, daran herunter. Was für eine Woche. Ein Klassiker für eine Arbeitswoche in einer Werbeagentur. Stressig und schön – schön stressig. Das war schon zu Beginn ihrer Karriere so und genau so wollte sie es auch immer. „Unter Druck bin ich am kreativsten", sagt sie immer. Es hat etwas gedauert, aber sie hat es tatsächlich geschafft, sich in dieser Männerwelt zu etablieren.

Das ist nicht leicht als Kreativdirektorin. Frisch von der Uni am Anfang ihrer Laufbahn im echten Arbeitsleben, hatte sie sich selbst ans Messer geliefert. Kreativität, so dachte sie, muss etwas sein, das aus tiefstem Herzen kommt. Wenn dann so eine mit Leidenschaft gestaltete Kampagne von Vorgesetzten, Kollegen oder gar von Kunden in der Luft zerrissen wird, dann kann das sehr wehtun, wenn ... ja, wenn ein Teil des eigenen Herzens in dieser Kreation steckt und jeglicher Schutz vor solchen Angriffen noch nicht mal in Erwägung gezogen wird.

Das ist ihr genau zwei Mal passiert. Danach hat sie begonnen, sich zu beschützen. Ganz langsam, dafür umso uneinnehmbarer, ist ein Wall um sie herum entstanden, der einerseits Herz und Seele abschirmt und ihr andererseits Respekt im ganzen Laden verschafft. Eine erstaunliche Symbiose von Achtung und Abwehr. Der Preis für den Erfolg durch ihren Wall: Einsamkeit. Einsamkeit ist oft etwas Gutes, denn sie ist sich meistens selbst genug. Zumindest war das in ihrer Kindheit und Jugend so. Jetzt, mit Mitte dreißig, ist ihr Leben manchmal schon unangenehm einsam. Besonders an den Wochenenden. Meist geht es

Sonntagmorgens los. Mit so einem faden Geschmack im Mund und der Sehnsucht, sich schon wieder Bettfertigmachen zu wollen, um schnell den Montag herbeizuschlafen. Um den Trubel, die Ablenkung und eine Aufgabe zu haben. Natürlich gibt es auch eine Art Leben am Wochenende. Mit Freunden oder Bekannten essen zu gehen oder auf Partys. Einen Drink irgendwo am Wasser zu nehmen oder eine kleine Reise an die See oder in die Berge zu machen. Ja, ist alles nett. Eine ausgefüllte Zufriedenheit stellt sich kurz während, aber auf keinen Fall, nach solchen Erlebnissen ein. Zumindest nicht dauerhaft. Natürlich gab es auch mal Männer in ihrem Leben. Allerdings ging das nie lange gut und war lange nicht mehr so intensiv wie in der Zeit vor ihrem Wall um Herz und Seele.

Sie denkt gern daran zurück, kann sich aber irgendwie doch nicht erklären, warum sie so gern an die Vor-dem-Wall-Beziehungen denkt. Diese feste und unflexible Schutzmauer war keine bewusste Entscheidung und sie weiß nur, dass sie zwar einsam, aber sicher und beruflich erfolgreich durchs Leben geht.

Das Nachtlicht geht wieder aus. Mehr als drei Minuten musste sie regungslos dagesessen haben und langsam wurde ihr in den Schuhen und im Mantel warm. Noch im Sitzen nimmt sie ihr Halstuch ab und wirft es auf das Tischchen, neben die bunte Vase. Das Nachtlicht geht wieder an und sie denkt, wie schön es heute wäre, nur noch dieses Licht leuchten zu lassen. Keine Musik. Keine andere Lampe. Kein Handy. Nur dieses orangerote Licht. Noch immer sitzend, öffnet sie die Reißverschlüsse ihrer Schuhe, streift sie ab und genießt die Befreiung mit einem geräuschvollen Ausatmen. Sie knöpft den Mantel auf und lässt Luft an ihren Oberkörper. „Jetzt sitze ich hier wie ein geplatztes Würstchen," schmunzelt sie. Und dann holt sie der Job wieder ein.

Es war ja bis eben gerade, bevor die Tür ins Schloss fiel, noch ein Scheißtag gewesen. Dass sie diesen Arbeitstag jetzt in Gedanken mit in ihre Wohnung genommen hat, ärgert sie. Dadurch wird der Gedanke allerdings noch größer und präsenter. Er füllt den Raum und muss jetzt noch mal zu Ende gedacht werden. Roman, der

Praktikant, hat sie heute wirklich geärgert. Sie hatte keinen Hehl daraus gemacht und beinahe dafür gesorgt, dass er gefeuert wurde. Roman war so klein mit Hut und entschuldigte sich vor der ganzen Abteilung. Was war passiert? Der *Herr Praktikant* hatte sich in einer Telefonkonferenz, an der sie nicht teilnehmen konnte, beim Kunden als neuer Kreativdirektor für dessen Wurstwaren-Segment vorgestellt. Stinksauer hatte der Kunde dann nach der Telefonkonferenz auf ihrem privaten Handy angerufen, um die Zusammenarbeit zu beenden, wenn sie nicht weiterhin die Kreativdirektorin bliebe. Sie konnte ihn mit sehr viel Charme beruhigen, die Wogen glätten und alles wieder richtigstellen. Kunde besänftigt. Keine Kündigung. Und eigentlich war dann alles wieder okay. Nur Roman brauchte noch einen Dämpfer, den er auch von ganz oben, aus der Londoner Zentrale, bekam.

Aber warum hat sie jetzt diesen Scheißtag wieder im Kopf? Alles war doch geklärt und warum sollte sie sich noch länger über etwas aufregen, das vorbei ist? Es ist Wochenende und die Agentur sollte ab jetzt emotional einfach nur weit weg sein. Vielleicht war dieser Tag noch in ihren

17

Gedanken, weil sie normalerweise ganz anders nach Hause kommt. Eigentlich wäscht sie immer sofort ihre Hände. Das ist ein Bedürfnis, den Tag abzuwaschen und ganz neu zu Hause zu sein. Noch ganz ohne Wasser, erst nur die Seife aus dem Spender. Gut einmassieren. Auch die Handrücken, zwischen den Fingern und unter den Nägeln. Dann das Wasser auf lauwarm stellen und alles gut abspülen. Die Hände müssen ganz abgetrocknet sein und werden nicht eingecremt. Noch nicht. Erst nach dem Essen und dann beim Fernsehen, unbewusst, bis die ganze Creme gut eingezogen ist. Das liefert ihr jedes Mal eine ganz besondere Geborgenheit, weil ihre Oma das auch immer so gemacht hat. „Jetzt sind wir heimfein, mein Kind" hatte sie ihr immer gesagt.

Aber sie ist weit weg von ihren täglichen Routinen und sitzt noch immer an der Wohnungstür. Mit einem Schwung kommt sie aus ihrer komfortablen Sitzposition heraus und der Raum wird wieder gemütlich orangerot. In dieser Sekunde klingelt es an der Tür. „Oh nein". Halb aufgestanden und mit aufgerissenen Augen hält sie inne. Sekunden vergehen und fühlen sich an wie Minuten. Was soll das denn jetzt? „Auf den Summer drücken oder nicht?", sagt sie leise zu sich selbst. Diese Frage stellt sich nicht mehr, denn es klopft schon an der Wohnungstür. Wer auch immer davor steht, muss also bereits durch den Hauseingang, am Marmorhäschen vorbei und die Treppen hochgekommen sein. Und vermutlich hat ihr Aufstehen ein Ruckeln an der Tür verursacht, das sie verraten hat. „Öffnen oder nicht?", denkt sie, ohne zu atmen.

Sie presst die Augenlider zusammen und will eigentlich nicht da sein. Es klopft wieder. Diesmal klopft es sehr bestimmt und mit der wortlosen Botschaft „Ich weiß, dass du da bist". Der Blick durch den Türspion. Oder lieber nicht? Vielleicht wurde sie ja doch noch gar nicht bemerkt und wenn sie jetzt schaut, könnte ihr Schatten in der Linse des Spions gesehen werden. Okay, was soll dieses Getue – auf die Zehenspitzen und mit gespreizten Fingern am Türrahmen abgestützt, um nicht noch mal die Tür zu ruckeln, und durch den Spion gelugt. Sie fährt zurück.

Nichts zu sehen, weil auf der anderen Seite der Tür auch ein Auge in der anderen Richtung sucht.

Wie unangenehm. Mit wem war sie denn da gerade fast Gesicht an Gesicht? Hoffentlich nicht ihr aufdringlicher Hausmeister, der immer „nur mal gucken" will „ob alles in Ordnung ist".

Sie sucht und findet einen festen Stand und sagt mit souveräner Businessstimme:

„Wer ist da?". Es dauert eine Weile. „Hallo? Wer ist da?"

„Roman", kommt es aus dem Hausflur. Was will Roman bei ihr zu Hause und woher weiß er, wo sie wohnt?

„Was willst du?", fragt sie noch fester.

„Mich noch mal persönlich bei dir entschuldigen", kommt es aus dem mittlerweile dunklen Hausflur. Sie öffnet langsam die Tür und es schiebt sich ein riesiger Blumenstrauß hinein. Etwas in ihr kribbelt. Es ist ein Kribbeln, das sie lange nicht mehr gefühlt hat. Warum ist es da? Und warum jetzt? Wie ein Flipperautomat zwischen Freude und sauer sein müssen. Sie entscheidet sich spontan für die Freude über die Blumen. Vielleicht war es auch keine Entscheidung. Vielleicht war sie einfach gerade nur überwältigt. Es ist ein Sommerblumenstrauß. Gut ausgewählt und in der Feinheit und Kombination von Freesien, Lisianthus und Löwenmäulchen sind das genau ihre Blumen, wenn es um eine Entschuldigung von einem Mann und nicht um Liebe geht. Wann hat sie zuletzt Blumen geschenkt bekommen? Okay, beruflich immer mal wieder bei irgendwelchen Preisverleihungen. Aber zu Hause und als Entschuldigung? Und von einem Mann?

Gut. Zusammenreißen. Haltung bewahren.
Absolut und glasklar ist, dass dieses Kribbeln und diese Freudigkeit weg müssen. Und wie sieht sie überhaupt aus? Ohne Schuhe, halb offener Mantel und durchaus etwas erschöpft von der Woche.
Es ist zu spät.
Roman steht schon voll in der Tür. Er lächelt schüchtern und schon wieder zuckt es an ihrer Scham, im Bauch und ihr Busen spannt etwas.

„Also, ich wollte mich noch mal bei dir entschuldigen und dir sagen", er stockt etwas, „und dir sagen, dass es mir leid tut. Und ich wollte, dass du mich bemerkst, und ich glaube, das ist mir auch gelungen."

Er schiebt die Blumen mit beiden Fäusten an ihren Oberkörper, sie kann kaum noch etwas sehen. Ihre Hände berühren sich, als sie die Blumen greifen will. Sofort lassen beide los, um der Berührung zu entgehen, und der Strauß fällt in den Wohnungsflur. Es sind so viele Blumen, dass der Strauß sich überschlägt und dann noch etwas nachwippt wie bei einem gefällten Baum.

„Ich fahre heute zu meinen Eltern und muss mich beeilen, sonst verpasse ich meinen Zug", sagt Roman unpassend sachlich.

„Du hast keine Kosten und Mühen gescheut?", antwortet sie ebenso sachlich. Nimmt den Strauß auf und verrät ihm mit einem Blick, dass sie sich über die Blumen freut. „Na, dann mal ab zu Mama und Papa, was? Und vielen Dank für die Blumen. Ich nehme deine Entschuldigung an."

Er nimmt ihre Hand und schüttelt sie übertrieben ungestüm, fast schon albern unsicher. Er ist Ende zwanzig und irgendwie noch nicht da, wo er gern wäre. „*I'm Not The Man I used To Be*" hieß mal ein Lied in den 80ern von den *Fine Young Cannibals* und dieses Lied summt sie automatisch immer dann, wenn sie ihn im Büro sieht. „Vielen Dank, dass du meine Entschuldigung annimmst", sagt er noch immer schüttelnd, „und ich finde dich großartig und ich bewundere deine Arbeit und …"

Dann ist es still. Etwas beendet den Quatsch, der seinen Mund verließ und raubt ihm den Atem. Sie hat ihn zum Schweigen gebracht. Hat den übertriebenen Handshake genutzt und daraus eine präzise Bewegung gemacht – so, dass seine Lippen auf ihren landen. Kein einziger Gedanke ist in diesem Augenblick in ihr. Kein Funke, was dieser Kuss für Konsequenzen haben könnte. Keine Grenzen, keine Hierarchien, aber dafür ein Gefühl der Fülle und Geborgenheit, das sie so lange entbehrt. Das Kribbeln von gerade eben, gegen das sie ankämpfen wollte, sollte sich jetzt über die ganze Welt ausbreiten. Es ist so viel davon da und so schön, dass ein Verlust gar nicht möglich wäre.

Im Küssen öffnet sie die Augen weit, um zu erkennen, ob seine geschlossen sind. Sie sind es. Es zuckt wieder in ihr und ihre Augen schließen sich zufrieden. Umständlich in der

Rückwärtsbewegung den Mantel abstreifend. Fast über ihre eigenen Schuhe stolpernd und die Tür zuknallend. Sie wird von ihm aufgefangen. Seine Hände an ihrem Po. Wie lange ist so eine Berührung schon her? Es fühlt sich fast unwirklich an. Küssend. Immer nur küssend wie Magnetlippen. Er hebt sie auf den Küchentresen. Sie schiebt ihr Kleid hoch und ihren Slip zur Seite. Und dann ist alles wie auf Zeitlupe gedrückt. Salz und Pfeffer fallen von der Theke auf die Erde. Sie hört nichts mehr. Ihre Augen sind geschlossen und sie fühlt, wie er sich in sie schiebt. Wie er sie ganz langsam und gefühlvoll dehnt. Es hört gar nicht auf. Er weitet sie und füllt sie aus. Sie lässt es zu und nimmt ihn auf. Sie spürt ihre eigene Nässe und weiß, dass ihm das zeigt, wie sehr er willkommen ist. Es könnte ihr fast zu viel sein.

Ist es aber nicht. Es ist alles genau richtig. Sie lässt los und er gibt die Bewegung vor. Beinah sonor bewegt er sich in ihr. Sie genießt jeden Zentimeter, allerdings würde sie in dieser Stellung nicht kommen können. Sie kennt ihren Körper und der macht es nicht mit, wenn ihr Kitzler nicht direkt

24

berührt wird. Am besten geht das, wenn sie auf dem Mann reitet und … Irrtum.

Sie explodieren. Beide. Gleichzeitig. Mit festem Blick in die Augen und sie fühlt sein Überschwemmen so warm und voll und alles wird eins.

Das Nächste, woran sie sich wirklich erinnert, sind weiße Laken und ein Lächeln. „Guten Morgen", sagt Roman am Fußende des Bettes stehend. „Morgen", sagt sie und lächelt zurück. „Ich wollte dir einen Kaffee kochen. Ich komme aber mit dieser Kapseldings nicht zurecht."

„Macht nichts. Mache ich gleich. Und überhaupt: Finger weg von meiner heiligen Kaffeemaschine.", schmunzelt sie mit halb geschlossenem Mund und möglichst wenig ausatmend, weil sie die Zähne noch nicht geputzt hat und das wirklich das Einzige ist, was sich in dieser Situation blöd anfühlt. Ansonsten ist alles so schön und entspannt wie schon lange nicht mehr.

„Musst du nicht deine Eltern anrufen und absagen?", fragt sie.

„Nein", antwortet er, „muss ich nicht. Ich wollte gar nicht zu meinen Eltern. Ich wollte, dass es genau so kommt, wie es jetzt ist."

Je mehr Nässe,

desto besser.

Zweite von sechs Leidenschaftlichkeiten

Auf den Tag genau acht Jahre Ehe. Das gefährlichste, das siebente Jahr, ist also geschafft. Gemeinsam und ohne größere Zwischenfälle. Jedenfalls gab es keine für sie. Bei ihrem Mann ist sie sich in puncto Treue nie ganz sicher. Aber diese Unsicherheit mag sie. So eine kleine Unklarheit, auch wenn sie sich im Grundgefühl sicher ist, dass er eine andere Frau nie wirklich begehren würde. „Meine Unklarheit hält die Beziehung frisch." Sagt sie immer zu ihren Freundinnen. So ganz genau weiß sie es aber nicht, warum sie sich sogar manchmal vorstellt, wie es wäre, wenn er *anders* nach Hause käme.

Wenn er nach Feiern und nach Fremden und auch nach anderen Frauen riechen würde. Nach der verfliegenden, aber eindeutigen Feuchtigkeit einer anderen Frau. Nach einer schnellen Nummer im Auto oder einer ausgedehnten Sexnacht, in der er sich austobte, um dann zu ihr ins Bett zu schlüpfen und sie dann zu nehmen. Nur um sich und ihr zu beweisen, wohin er wirklich gehörte.

Sie ist ihrem Mann immer treu. Ganz sicher. Natürlich gibt es ab und zu mal einen kleinen Flirt. Aber mehr ist es nie. „Frau muss ja auch mal den eigenen Marktwert testen", sagt sie.

Und immer dann, wenn sie mit ihren beiden Freundinnen Sabine und Verena unterwegs ist, wird dieser Marktwert aufs Neue überprüft. Sabine übertreibt es meistens. Schon bevor es losgeht, beim Prosecco-Vorglühen, zu Hause. Sabine kann es nicht erwarten zu starten und drängelt wie ein nervöses Pferd kurz vor dem Rennen. Drängelt auf der Hinfahrt. Drängelt sich an der Schlange vorm Club vorbei. Meist müssen sie an solchen Tagen noch schnell per Handy online VIP-Tickets für 12 Euro mehr buchen. Fast-Lane. Schnell in den Club. Lachen. Tanzen.

Trinken. Flirten. Und dann kommt Sabine auch sehr schnell zur Sache.

Dabei ist sie wählerisch. Sie nimmt nicht irgendeinen Mann. Allerdings immer nach einem gleichen Beuteschema. Immer die, die eher harmlos aussehen. Mittelgroß, dunkle Haare, Brille, beinahe dankbare und ehrliche Typen. Männer, die ihren „Job" zwar souverän erledigen, aber dann auch mit einer anschließenden Abfuhr klarkommen – weil sie das schon kennen. Mehr als so ein Abenteuer will Sabine nicht. Schon gar kein Gejammer oder Anhänglichkeit. Die hübschen Männer können mit so einer Ansage nichts anfangen und fühlen sich gekränkt: Eine Szene wäre vorprogrammiert. Die hässlichen Männer würden weiter baggern, weil sie glaubten, sie hätten doch noch eine Chance. Diese Mittelmaßtypen, die sich Sabine aussucht, machen einfach nichts. Schneller harter Sex. Genau Sabines Geschmack. Und verlieben würde sie sich auch nie.

„Der Junge ist Beute", sagt Sabine und ist weg. Hat einer der Jungs angebissen, geht sie mit ihm auf die Toilette oder auf den Parkplatz.

Sabine ist nicht ihre beste Freundin. Deshalb sagt sie nie etwas dazu. Verena, die dritte im Bunde, hat ähnliche Vorstellungen von Ehe und Treue wie sie und ist ihr näher.

Sabine ist eben anders und ihr Thomas zu Hause zählt in diesen Momenten einfach nicht. „Auch nicht schlecht, wie Sabine das macht", denkt sie. „Das ist wie bei den Menschen, die auf Partys rauchen und im normalen Leben eben nicht. Sehr praktisch."

Spannend finden Verena und sie Sabines Ausflüge allemal. Wenn Sabine zurück an den Tresen kommt, ist sie immer wunderbar eingehüllt in eine Wolke aus Wärme, Zufriedenheit und Ficken. Sie bestellt sich einen Manhattan, nimmt den ersten Schuck und beginnt von ihrem Abenteuer zu erzählen.

Verena und sie kleben an Sabines Lippen und kichern manchmal, als wären sie eben 16 geworden. Jetzt, mit Mitte Dreißig, übernimmt also Sabine gelegentlich für sie die spannenden Ausbrüche aus ihrer Ehe. Die Geschichten einer Sabine, die sich nimmt, was sie will, sind das Maximum ihrer eigenen Untreue. Manchmal beneidet sie Sabine. Aber ganz schnell findet sie gedanklich zurück in ihren Hafen. Zu ihren Kindern, ihrem aufregenden, liebevollen Mann, in ihr zu Hause, ihre Ehe.

Es war eine schöne Hochzeit vor acht Jahren. Mit allem, was ein solches Fest braucht. Ein romantischer Antrag in Paris an ihrem Geburtstag mit Freunden und Familie. Eine lange und gemeinsame Hochzeitsplanung. Weiße Pferde, Kutsche, gut 150 Gäste, Tauben und Luftballons, das beste Restaurant der Stadt, der prächtigste Brautstrauß. Sollte sie sich jetzt erinnern, wer an diesem Abend den Strauß fing, dann könnte sie es nicht sagen, denn sie hat dieses Fest fast wie in einem Rausch verbracht und war nur bei sich und ihrem Ehemann. Es war perfekt und von Herzen schön.

Und jetzt, an ihrem achten Hochzeitstag liegt sie noch immer neben diesem Mann im Bett. Es ist Sonntag. Ein bisschen Tageslicht fällt durch den gelben Vorhang ins Zimmer. Neben ihr dreht sich ihr Ehemann noch mal um. Er liegt jetzt ihr zugewandt und schiebt beide Hände unter seinen

Kopf. Er schmatzt zwei Mal und schläft weiter. Sie schaut sich liebevoll sein Knittergesicht an und riecht den Schlaf, den sie mag und seit Jahren kennt. Bald wird auch dieser Geruch verflogen sein und der Alltag mit den Kindern riecht anders als diese friedliche Stille.

Acht Jahre Höhen und Tiefen – und acht Jahre wirkliche Liebe. Plötzlich gehen seine Augen weit auf. Er reißt sich mit seiner Bettdecke herum und schaut auf den Wecker: „5:48 Uhr! Schatz! Wir haben entweder noch 12 Minuten oder wenn wir ganz verwegen sind, bis wir das Fußgetrappel oben im Kinderzimmer hören!". Mit großen Augen im Knittergesicht schaut er sie an. Er sieht so süß verloren aus. Sie muss lachen. Kämpft dagegen an, weil sie jetzt nicht lachen, sondern Sex haben will.

Ihre Bettdecke fliegt aus dem Bett, sie hat nur ihr tief ausgeschnittenes Nachthemd, aber kein Höschen an. Synchron drehen sie sich einander zu. Er packt mit beiden Händen ihren Kopf und küsst sie leidenschaftlich. Er lässt ab, schaut sie an. „Herzlichen Glückwunsch, dass du es schon so

34

lange mit mir ausgehalten hast." Sie könnte schon wieder loslachen, diesmal vor Glück. Sie küsst ihn, drückt seine Schulter nach unten auf die Matratze und schwingt sich auf ihn. Er ist sogar ganz nackt. Das ist ungewöhnlich, denn eigentlich schläft er immer mit einer Gemütlichkeitshose ein, manchmal sogar noch mit einem T-Shirt. Aber er ist tatsächlich nackt.

Da haben zwei sich noch immer liebende Menschen wohl einen gemeinsamen schönen Gedanken für den achten Hochzeitstagmorgen. Sie liebt es, wenn er so denkt wie sie, und sie liebt es oben zu sein. So kann sie am besten steuern, wann sie kommt. Frau wird praktisch, wenn Kinder da sind und die Zeit knapp ist. Sie bestimmt jetzt, wie schnell und wie tief er in sie gleiten kann. Sie ist noch nicht so nass, wie sie dachte. Sie richtet sich noch mal auf, nimmt seinen prallen Schwanz in die Hand und zieht ihn zwei Mal zwischen ihren Schamlippen hindurch. Dann setzt sie ihn an den Punkt, an dem dieses pralle Ding in sie geleiten soll. Sie setzt sich in ihrem Tempo herunter. Diesmal klappt es. Auch weil sie weiß, wie sehr er es mag, wenn sie noch nicht ganz nass und der Widerstand in sie einzudringen etwas größer ist. Sie lässt ihr Becken vollkommen herunter. Beugt sich zu ihm und küsst ihn. Die Spitzen ihres Busens berühren seine Brust. Das hält er im Moment nicht so gut aus, denn für seinen Geschmack bewegt sie sich zu langsam. Er muss sich unter ihr bewegen. Sie weiß das und lässt ihn machen. Bald ist er bis zum Bauchnabel voll benetzt mit ihrem Saft und das macht die beiden noch mehr an. Je mehr Nässe, desto mehr gemeinsamer Mischgeruch von zweien, die zusammen gehören. Er hält ihre Hände fest und sie bewegen sich wie ein gut eingespieltes Team auf ein gemeinsames Ziel zu. 6:00 Uhr. Normalerweise wird die Große, fünf Jahre, um diese Zeit wach und bringt den Kleinen, drei Jahre, gleich mit. „Nicht dran denken", denkt sie. Aber sie denkt ja schon daran und verliert den Rhythmus ihrer Bewegungen auf ihm. Das merkt er und rettet die Situation. Er packt sie. Dreht sie auf den Rücken und nimmt sie. Er fixiert ihren Körper mit beiden Fäusten über ihren Schultern. Sie kann nicht mehr weg und sie wird laut. Will alles machen. Will hart genommen werden. Will zum Schluss sein Sperma überall an und in ihrem

36

Körper fühlen. Will den ganzen Tag mit ihm in sich verbringen. Will ganz seine Frau sein und jeder Mann, jeder Mensch, soll das auch riechen können.

Und da ist es auch schon, das Getrappel kleiner nackter Kinderfüße in der ersten Etage. Stoppen. Innehalten. Noch mal ganz genau und ohne zu atmen Nachlauschen. Getrappel bestätigt. Sie nicken sich zu. Schon wieder muss sie lachen, obwohl gerade nicht klar ist, ob es eher ein Weinen werden könnte. Mit einer gekonnten Rolle legt er sich auf seine Bettseite, fischt seine Gemütlichkeitshose neben dem Bett, legt sich lang hin und zieht den Bund über seinen Bauchnabel. Decke drüber. Arme darauf. Unschuldig gucken.

Das Getrappel ist jetzt auf der Holztreppe. „Passt ihr auf der Treppe gut auf?" ruft sie. Sie zieht ihr Nachthemd gerade, packt ihren schönen Busen wieder ein und setzt sich aufrecht ins Bett. Die Bettdecken liegen glatt und ordentlich – so, als wäre nie etwas geschehen. Die Kinder kommen mit großem „Guten Morgen" und „was machen wir heute?" ins Bett. Sie sieht ihm in die Augen und kann erahnen, wie es ihm geht. Denn genauso geht es ihr auch. Ein feststeckender Orgasmus in der Rolle von Vater und Mutter. Sie zwinkern sich ein „Ich freue mich auf heute Abend" zu.

Wie ein bewusst erlebbares, anfassbares Déjà-vu.

Dritte von sechs Leidenschaftlichkeiten

Jetzt sind es schon sechs Monate seit ihrem Umzug vom gemeinsamen Haus auf dem Land in eine kleine Stadtwohnung für sie allein.

Die beiden Jungs und ihr Mann vermissen sie anscheinend kaum. Kein Anruf. Keine SMS. Keine Postkarte. Kein Besuch. Auch ihr geht es so. Sie vermisst keinen der Drei. Einerseits liegt darin eine Beruhigung, weil ja alles so schön weit weg ist. Andererseits auch etwas Abnormes. Jedenfalls aus ihrer Sicht. „Ist es denn normal, dass ich als Ehefrau meinen Ehemann nicht vermisse und als

Mutter die eigenen Kinder nicht mal mehr in den Arm nehmen möchte?", fragt sie sich oft.

Und dann kommen die Erinnerungen wieder. An das ständige an-allem-schuld-sein. Schuld an zu wenig Sex, weil sie sich habe gehen lassen nach dem zweiten Kind. Schuld an zu viel Sex, wenn sie Lust hatte und ihr Mann nicht konnte, weil „es so stressig ist bei der Arbeit und weil du dich hast gehen lassen". Schuld an der beruflichen Situation ihres Mannes, weil sie ihm das Selbstvertrauen genommen habe. Schuld an den schulischen Leistungen der Jungs und daran, dass beide erst mit zwölf schwimmen konnten.

Schuld an dem zu harten Ei, der entlaufenen Schildkröte und Gesamtsituation überhaupt: „So wie alles ist, ist deine Schuld" sagte ihr Mann und die Jungs standen ihrem Papa zur Seite.

Der Große ist jetzt neunzehn und der Kleine sechzehn – und der ganz Große, also ihr Mann, wird in diesem Jahr fünfzig. Da müssen noch Einladungen verschickt werden. Die Location muss gesucht werden. Noch Probe gegessen werden, damit bei der Feier nichts schief geht. Sie lächelt über ihre Gedanken, weil sie merkt, dass ihre Organisationsmaschine wieder auf vollen Touren läuft. Dabei ist das alles gar nicht mehr nötig. Sie ist doch jetzt gar nicht mehr zuständig. Die Scheidung ist eingereicht und sie sehr zufrieden, wieder in der Stadt zu leben und nicht mehr auf dem Land. Sie wohnt nun wieder in dem Viertel, ja sogar in derselben Straße, in der sie als Studentin lebte. Es hat sich zwar viel verändert, aber manches ist auch geblieben. Die Leuchtreklame mit der kaputten Ecke vom Waschsalon. Der schief gewachsene Baum in der Mitte vom Marktplatz. Der rote Kaugummiautomat, aus der ihr ein Kommilitone mal einen Ring gezogen und um ihre Hand angehalten hatte.

„Was für ein außerordentlicher Zufall", denkt sie, „dass er in dem Augenblick wirklich einen Ring aus dem Automaten gedreht hat. Es hätte ja auch eine Figur oder nur Kaugummi sein können. Aber es war ein Ring. Oder war es ein Trick? Der Ring schon zuvor gekauft? War dieser Antrag wohl überlegt gewesen und sie hatte ihn abgetan wie einen dummen Kindereinfall? Als sie noch überlegt, wie dieser Kommilitone hieß, läutet es an ihrer Tür. Ihre Klingel, aber sie kann nicht gemeint sein. Sie reagiert zunächst nicht. Ihre Familie kommt nicht und keiner ihrer Freunde weiß, dass sie jetzt hier wohnt. Ihr gemeinsamer Freundeskreis muss sich neu orientieren. Von der Trennung wissen alle, aber wer sich auf welche Seite schlägt ist noch nicht allen Freunden klar. Komisch, dass sich nach einer Trennung immer solche Fragen für das Umfeld stellen.

Es klingelt nochmal. Noch immer fühlt sie sich nicht gemeint und steckt ein Räucherstäbchen an. Wie früher.

Sie ist sich nicht mal sicher, welchen Ton ihre Klingel hat. Jetzt klingelt es dauerhaft und das Schrillen erschreckt sie dann doch so, dass sie begreift, gemeint zu sein. Sie löst sich von ihrem Buch, nimmt noch einen Schluck Tee, den sie erst auf dem Weg herunter schluckt. Mit einem sauren Ruck und bösestem Blick reißt sie die Wohnungstür auf. „Was ist denn los zum Donnerwetter?", brüllt sie beinahe und weil sie heute noch kein Wort gesprochen hat, versagt ihre Stimme im Donner vom Donnerwetter.

Beim Anblick ihres Gegenübers wird ihr Ausdruck mild und weich und ihre Augen sind so weit aufgerissen, als könne sie dann mehr von der gesamten Situation sehen: „Serge?", flüstert sie. Und da ist er wieder. Der Name des Mannes, der ihr vor vielen Jahren einen Heiratsantrag mit einem Ring aus einem Kaugummiautomaten gemacht hat.

„Serge?", sagt der junge Mann vor der Tür. „Ne, Fritz. Angenehm, Frau ..." – er wirft einen Blick auf das Klingelschild – „... A Punkt Fischer. Hast du mal eine Tasse Zucker für mich? Oder bist du auch so eine überspannte Trulla, die keinen Zucker mehr kauft, weil der ja auch so schädlich ist?"

Sie braucht einen Augenblick, um sich zu sammeln. „Nein, ich habe keinen Zucker und nein, ich bin keine Trulla und tschüss."
Die Tür fällt ins Schloss und Fritz steht ziemlich bedeppert vor der Tür. Sie hört, wie er wieder in die Wohnung nebenan geht. Wenig später poltert er die Treppe herunter. Wahrscheinlich geht er jetzt zum Kiosk an der Ecke. Zucker kaufen. Eine halbe Stunde später klingelt es wieder an ihrer

Tür. Fritz. „Hallo, sorry. Hast du mal zwei Tassen Milch für mich? Und 500 Gramm Butter?" Sie schmunzelt in sich hinein, versucht aber so unverbindlich wie möglich zu wirken.

„Fritz", sagt sie, „was hast du denn vor?"

„Mein Mitbewohner hat morgen Geburtstag und ich will einen Kuchen backen. Das ist alles."

„Aha. Und da schnorrst du dir die Zutaten mal einfach so zusammen?"

Er schlägt die Augen nieder. In ihrem Bauch kribbelt es, denn in dieser Bewegung ist er Serge wie aus dem Gesicht geschnitten. Sie und Serge waren verliebt, aber nie ein Paar oder gar im Bett gewesen. Sie fragt sich, warum sie diesen Mann nur so lange verdrängt, ja sogar seinen Namen vergessen hat. Und warum sie nie im Bett gewesen sind? Das war doch die Studentenzeit. Ah, die ganze Erinnerung kommt zurück. Parallel zu Serge lernte sie ihren jetzigen Noch-Mann kennen. Er schien so solide und klar in seinen Aussagen.

Er studierte BWL und Serge Kunstgeschichte, aber das auch nur einen Tag in der Woche. Serge hatte tolle Pläne und wollte eine Galerie auf Lanzarote führen. „Einfach arbeiten, wo ich auch leben will" sagte er immer. Sie konnte damit nicht umgehen und entschied sich damals für die vermeintlich sichere Seite. Was hatte sie da in den letzten zwanzig Jahren nur gemacht? Auf Sicherheit gespielt und das Leben vergessen? Ja, so war es wohl – sicher und langweilig. Eine trügerische Geborgenheit in einer Beziehung ohne Entfaltungsmöglichkeiten. „Erstaunlich, wie verplemperisch man mit Zeit umgehen kann.", denkt sie.

Es mögen einige Sekunden gewesen sein, vielleicht auch eine Minute und plötzlich kommt ihr Fritz wie eine zweite Chance vor. Wie ein bewusst erlebbares, anfassbares Déjà-vu.

Kann das alles Zufall sein? Die gleiche Gegend. Ein Fritz, der Serge ähnelt. Irgendwie hat sie das Gefühl, sie kann Hier und Jetzt etwas anders machen als vor zwanzig Jahren.

„Komm rein, Fritz, wir backen den Kuchen zusammen." Sie nimmt seine Hand und zieht ihn aus dem Flur in die Wohnung. Die Tür fällt zu und sie drückt Fritz neben der Tür an die Wand und küsst ihn. „Aber ich habe eine Freundin", nuschelt Fritz zwischen dem saftig warmen Lippengewirr. Sein Gesicht in ihren Händen und ein liebevoller Blick. „Ich verrate nichts", flüstert sie. Sie küssen sich und Fritz' Hose lässt etwas aus dem Reißverschluss, das ihr sehr gut gefällt. Sie ertastet es mit der rechten Hand und fühlt seine Härte und Größe. Sie sinkt auf die Knie und küsst ihn zärtlich. Sowas hat sie lange nicht mehr gemacht. Sie schließt die Augen und lässt ihn in ihren warmen, weichen, nassen Mund verschwinden. Würde sie jetzt etwas mehr Druck mit ihren Lippen ausüben, wäre es vorbei. Fritz ist einfach zu unerfahren, um das im Griff zu haben. Will sie das? Will sie, dass es jetzt schon vorbei ist? Ja. Sie presst ihre Lippen etwas fester um ihn und kann es fühlen. Von ganz unten und ganz hinten zieht es sich zusammen. Fritz bleibt bewegungslos, weil er hofft, das Unvermeidbare so hinauszuzögern. Zu spät. Sie hat ganz vergessen, wie sehr sie diese Macht vermisst hatte. Sie kann bestimmen, wann ein Mann kommt. Vielleicht macht Fritz Geräusche.

Sie ist auf sich konzentriert und es interessierte sie auch nicht, ob er etwas sagt, stöhnt oder schreit. Jetzt fühlt sie die Kraft in seinem Schritt und die Hitze wird jeden Moment aus ihm herausschießen. Sie mag die ersten Lusttropfen als Vorboten für das, was gleich ihren Mund füllen wird. Den Geschmack braucht sie eigentlich nicht und sie kennt nur wenige Frauen, die behaupten, Sperma sei lecker. Für sie ist es mehr das Gefühl von Macht, aber auch davon, etwas so Schönes verursachen zu können, und zwar genau dann, wenn sie es will. Es pulsiert und schießt aus Fritz heraus. Sie liebt diesen Moment und das letzte Mal, als sie diese Überlegenheit genossen hat, muss mehr als 20 Jahre her sein. Ihr Mund füllt sich. Sie schmeckt ihn pur und hat die Situation voll unter Kontrolle. Sie wird ihre Überlegenheit ein weiteres Mal deutlich machen. Als er alles abgeladen hat und zu ihr heruntersieht, tut sie so, als wären einige Tropfen aus ihrem Mundwinkel gelaufen. Mit dem Zeigefinger wischt sie sich die Tropfen wieder in den Mund und schluckt sie herunter.

Fritz' gebannten Blick hat sie immer noch auf sich. Jede ihrer Bewegungen ist präzise und wirkt majestätisch überlegen. Beinah eingeschüchtert verpackt sich Fritz wieder. Umständlich wie ein kleiner Junge. „Ich brauche jetzt erstmal ein großes Glas Weißwein", sagte sie aus der Hocke kommend. „Willst du auch was trinken?", fragt sie ihn auf Augenhöhe. Sie küsst ihn auf die Wange, wendet sich ab und geht zum Kühlschrank.

Wenn getrunken wird, macht es niemanden weniger durstig, wenn noch mehr getrunken wird.

Vierte von sechs Leidenschaftlichkeiten

Eimsbüttel. Lutterothstraße. Zweiter Stock. Sie sitzt in der Küche ihrer Altbauwohnung. Es dämmert schon. Das letzte milde Licht fällt aus dem Innenhof durch das riesige Fenster auf die große weißgetünchte Fensterbank. Das alte rote Sofa am Küchentisch fühlt sich an ihren Kniekehlen vertraut an. Es reicht nassstaubig, aber sie hat heute Morgen staubgesaugt und gewischt. Staubig es ist hier nicht.

Der seidene Morgenmantel und der moosartige, rubbelige Bezug des Sofas passen eigentlich gar nicht zusammen. Aber in diesem Moment erspürt sie gerne Kontraste wie diesen. Zu dem rubbeligen Sofa und dem feuchtkalten Morgenmantel.

Dazu kommt der Holzfußboden aus sehr alten Dielen an ihren Zehenspitzen. Sie glaubt, je mehr sie jetzt auf der Haut und um sich herum fühlt, desto mehr existiert sie.

Es ist fast schon ganz dunkel in der Küche. Die Gastherme springt an. Das bedeutet, warmes Wasser wird abgerufen und ein bläuliches Flammenlicht fällt durch den Sehschlitz der Therme in den Raum. Normalerweise brennt dort immer nur eine Flamme, wenn aber die Heizung oder Wasser warm werden soll, zünden viele kleine Flammen auf einmal und befeuern den Kessel. Wie die erste, immer brennende Flamme wohl in der Fachsprache genannt wird, fragt sie sich.

Das muss doch ein besonders wichtiger Fachbegriff sein, wenn diese Flame die Nummer 1 ist. Schließlich würde ohne diese Flamme gar nichts warm werden. Auf der anderen Seite ist das auch ganz schöner Quatsch; da brennt eine Flamme. Immer. Tag und Nacht. Nur um dann, wenn etwas warm werden soll, alle anderen Flammen anzuzünden, um die drüberlegenden Rohre zu erwärmen und das Wasser darin angenehm zu erhitzen. Und genau das passiert gerade.

Was für eine Verschwendung von dieser einen kleinen Flamme. Und erstaunlich, was das Gehirn denken kann, wenn wirklich wichtige Gedanken vermieden werden sollen. Olympia-Eins, so hat sie diese erste und ewige Flamme jetzt benannt, hat die anderen Flammen angezündet. Es ist in der ganzen Küche spürbar. Als würde sich in dem Moment, in dem alle Flammen anspringen, die Luft zusammenziehen, um der gemeinsamen Sache zwischen Feuer, Wasser und Luft voll zu Diensten zu sein. Hingabe für ein gemeinsames Ziel.

Sie hält den Atem an. Einfach, um die Luft nicht noch knapper zu machen als sie ohnehin ist. Sie pustet die innegehaltene Luft aus runden Backen wieder aus und atmet weiter. Ihre angespannten Schultern senken sich beim Ausatmen und es fühlt sich kurz so an, als würde sich ihr Körper etwas entspannen. Nein. Eigentlich entspannt sich gar nichts. Der Grund, warum Olympia-Eins alle Flammen angezündet hat, ist, dass jemand in ihrer Wohnung ist und gerade sehr heiß duscht.

Thomas ist da. Er kam vor zwei Stunden zu ihr mit den Worten „Ich hab nicht lang".

Sie küssten sich schon in der Tür und die Lust schwappte über beide wie Bratensauce über Kartoffelknödel. Alles war eingehüllt in Lust. Leckere, dickflüssige warme Lust. Es gab nichts anderes mehr. Beide waren wie eingespielt und aufeinander abgestimmt. Sie erwartete ihn schon halbnackt und er zog sich auf dem Weg ins Schlafzimmer aus. Immer behielten sie Blickkontrakt. Sie legte sich wie gemalt aufs Bett. Ihr Morgenmantel rutschte an ihren spitzen Brüsten herunter und machte den Weg frei. Haut an Haut, das war das erste Ziel der beiden. Ihr übertrieben durchgedrücktes Hohlkreuz machte ihn verrückt. Sie sah dann noch hilfloser und verletzlicher aus. Das wusste sie. Dann spreizte sie die Beine und, weil sie sich dadurch selber schon so sexy fand, lief sie bereits aus. Das war so heftig, dass sie ihre eigene Nässe schon an ihrem Damm spürte. Thomas war jetzt auch nackt und krabbelte auf sie. Als würden sie einfach zusammengehören, schob er sich in ihre Arme und gleichzeitig seine ganze Männlichkeit in ihr

Wasser. Sie mochte es besonders, wenn er sich ganz auf sie legte. Diese Schwere und dieser Druck auf ihrem Körper gaben ihr das Gefühl, noch mehr geliebt und noch mehr gefickt zu werden, als es jemals mit einem anderen Menschen möglich war. Sie bewegten sich wie ein Körper.

Manchmal wusste sie nicht, ob dieser Arm oder jenes Bein zu ihr oder zu ihm gehörte. Sie waren eine Person.

Bis zum gemeinsamen Höhepunkt würden sie ein Körper sein. Für eine halbe Stunde – ein und dieselbe Person. Dieser gemeinsame Höhepunkt kam. Ohne Vorankündigung, ohne Spielchen oder eine besondere Bewegung. Es kam einfach über die Beiden in ihrem Einssein. Sie wollte ihn so tief wie möglich in sich haben und er wollte so weit wie möglich in sie vordringen. Und es kam. Gewaltig und voll. Oft hatten beide Tränen auf den Wangen. Überwältigt von so viel zu viel. Innehalten. Diesen Moment noch weiterführen.

Noch mal steigern? Leider gelang das nie. Es war wie ein gestillter Durst. Wenn getrunken wird, macht es niemanden weniger durstig, wenn noch mehr getrunken wird. Es gelang weder das Steigern der Lust, noch das Konservieren. Wie sollte sich auch viel zu viel noch steigern lassen? Aber ein Festhalten wäre schön. Angestrengt robbte er von ihr herunter und ließ sich, seinen Kopf auf ihrer Bauchhöhe, auf die Seite fallen. Er streichelte mit der flachen Hand über ihren Bauch und über ihren Venushügel. Lange hatte sie überlegt, warum sie das nicht mochte. Erst in den letzten Tagen, nach langem Nachdenken und Nachfühlen wurde ihr klar, dass sie das eigentlich sehr mochte, wenn er so lag und sie streichelte. Aber gleichzeitig war diese Geste auch immer die Ankündigung des Abschieds. Immer wenn er das tat, war das Auseinandergehen, das sich wieder trennen ganz nah. Es war der Anfang des Endes. Und es passt nicht in diesen Moment.

Er würde duschen. Ihr einen Kuss geben. Und dann wieder weg sein. Für wie lange, war nie klar. Und genau so kam es. Etwas harsch schob sie seine Hand von ihrem Bauch und er stand mit dieser Bewegung auf. Kämpfte sich aus dem Bett. „Was für ein schöner Mann", dachte sie und wandte ihren Blick, ihr Gesicht, schließlich ihren ganzen Körper in einer Drehung um ein Laken von ihm ab. Einen Moment stand er noch neben dem Bett. Drehte sich dann um und ging in das Minibadezimmer, das praktisch nur aus einem Klo und einer Dusche bestand. So ist das in den Hamburger Altbauwohnungen. Es fühlt sich genauso improvisiert an wie diese Gasthermen, in denen immer eine Olympia-Eins brennt. Genauso improvisiert, wie eine Liebesbeziehung mit einem verheirateten Mann, der sich nicht entscheiden kann, wohin er gehört.

In diesem Moment gehen die Flammen wieder aus und die Tür des Badezimmers öffnet sich. Das Handtuch ins Ohr drehend kommt er in die Küche zu ihr. „Wirst du ihr heute sagen, dass du sie verlässt?", fragt sie mit einem Kloß im Hals. „Ja, ich habe es für das Wochenende geplant", sagt er. In ihr zuckt es, wie als Kind, kurz bevor die Tür zum Weihnachtszimmer aufging. Überhaupt weckt er immer wieder alte, schöne Gefühle in ihr, die sie lange verschollen glaubte. „Schön", lächelt sie ihm zu. „Ich glaube wirklich, dass wir zusammengehören. Ich kann mir so vieles nicht erklären, so viel inniges Gefühl. So viel …" Er stoppt ihren Fluss. „Ja, mein Schatz. Ich werde mit ihr reden. Am Sonntag, da machen wir ein Picknick mit den Kindern und dann wird sich alles klären."

„Oh, ich freue mich so auf die Zeit mir dir" sagt sie.

Wer hässlich oder ungepflegt ist, kommt nicht rein. Gut so.

Fünfte von sechs Leidenschaftlichkeiten

Es stört sie nicht mehr, dass diese Clubs immer gleich aussehen. Etwas zu dunkel. Dunkler als die Vorschau auf den Webseiten, auf die sie schon lange nicht mehr guckt. Die Einrichtung ist immer etwas zu sehr 2000er.

Und die Männer. Naja, das sind eben die Männer. Auch irgendwie 2000er. Und deshalb sind diese Männer selten von Interesse. Alle haben die gleiche Geschichte. Von Einsamkeit, vom Scheitern, dann aber doch von Erkenntnis, Aufgeschlossenheit und dem Wunsch, die Frau fürs Leben hier in diesem Swinger-Club zu treffen. „Was sie wohl antworten, wenn Familie und Freunde fragen, wo ihr euch kennengelernt habt" sagt sie dann immer zu sich selber. Noch eine Spur langweiliger ist es, wenn Männer mit Ehefrauen in den Club kommen. Auch ihre Geschichte handelt immer von Einsamkeit, vom Scheitern, dann aber doch von einer Erkenntnis und Aufgeschlossenheit. Leider erzählen immer nur die Frauen diese Geschichte. Dass er sie erst überreden musste. Sie das dann doch mal ausprobiert haben. Und sich dann ein Gefühl von unendlicher Freiheit eingestellt hat. Die Ehemänner kommen dabei immer schlecht weg. Meistens dürfen sie „nur gucken". Das scheint diesen Paaren schon verrucht genug und bietet Stoff für Stammtischgespräche und einen kleinen Überheblichkeitsvorsprung im Freundeskreis: „Wir sind so unendlich aufgeschlossen, denn wir gehen in so einen Club. Du weißt schon". Und wenn die Jutta auf dem Nachhauseweg sagt „Ich glaube, wir sollten das auch mal machen Herbert. Nur mal gucken."

Wie diese Gespräche dann weiter gehen und was für ein konstruiertes Image als kleiner verruchter

Segen in dem Vorstadtort erzeugt wird, kann sich jeder vorstellen.

Für sie bleiben es leicht schwitzige Ehemänner mit eingezogenem Bauch – das ist nicht das, was sie braucht oder sucht.

Alle dort Versammelten sind weit gereist. Nur um nicht in ihrer eigenen Gegend zu sein und eventuell ihrem Postboten oder dem Lehrer ihrer Kinder zu begegnen. „Die Quadratur des Kreises", sagt sie sich oft, denn: „Wenn doch alle weit reisen, um zu swingen, ist die Wahrscheinlichkeit dann nicht ähnlich hoch, einem bekannten Schwanz aus dem Vorstadtalltag zu begegnen?"

Viel zu viele Gedanken um Menschen, die sie nicht interessieren.

Auch sie ist weit gereist. Heute knapp zweihundert Kilometer nach Süden. Mit ihrem MX5 eine gute Stunde Autofahrt. Weit gereist zu sein, ist gut für eine Frau. Das Reisen hat sie sich selbst zur Bedingung gemacht. „Die erste gefallene Bastion der Doppelmoral" denkt sie „ist das Reisen."

Diese Art der Moral ist das, wovon diese Gemeinschaft lebt und alle machen mit.

„Alles kann, nichts muss" ist das Motto. Was für ein Quatsch. Für sie lautete das Motto „Alles muss und jeder muss auch können".

Sie ist im Daisys, einem Swinger-Club der gehobenen Klasse – das ist gleichbedeutend mit etwas weniger schwitzigen Ehemännern.

Für Solo-Frauen kostet der Eintritt nichts. Paare bezahlen zusammen siebzig Euro. Männern, die allein kommen, ist das Passieren der Tür zweihundertfünfzig Euro wert. Wer zwar zahlen kann, die Gesichtskontrolle jedoch nicht besteht, wird gleich wieder in die kalte Nacht geschickt.

Wer hässlich oder ungepflegt ist, kommt nicht rein. Gut so.

Dieser Abend ist von ihr generalstabsmäßig durchgeplant. Verabredungen mit vier Männern. Einen um 23:00 Uhr, einen um 24:00 Uhr und zwei andere werden eine halbe Stunde später dazu stoßen.

Alle Vier sehen blendend aus. Nie würde sie gemeinsam mit einem Mann den Club betreten, nur um ihm das Geld zu sparen. Wer mit ihr zusammen sein will, muss einen hohen Preis bezahlen. Nicht an sie, aber für sie. Sie mag das Gefühl bezahlt zu werden, denn die Regeln in einem Club sind klar. Es gibt nichts, was definiert oder besprochen werden muss. Es ist alles klar.

Rationale Entscheidungen ziehen sich durch ihr Leben. Sie hat so viele Beziehungen hinter sich, die dann immer in schwerem Gefühlswirrwarr mündeten. Dann ging es immer um Abhängigkeiten, Zukunft und Heirat. Und darum, etwas zu teilen. Geld. Haus. Das Bett. Für immer. Nein.

Nichts Festes. Und nicht für immer. Und vor allem: Nicht teilen.

Sie wuchs als einziges Kind bei Ihrem Vater auf. Bei der Trennung der Eltern drohte der Vater ihrer Mutter mit Selbstmord, sollte das gemeinsame Kind nicht bei ihm aufwachsen. Auch wenn sie das erst im Erwachsenenalter erfuhr, spürte sie diesen morbiden Erziehungsstil und diese allgegenwärtige Todessehnsucht ihres Vaters immer wieder.

Auch ihre Mutter hatte damals rational gehandelt. Die Aussage „Nimmst du mir das Kind, bringe ich mich um." bestärkten sie darin, ihr Kind zurückzulassen.

„Kind, heute würde ich das anders machen", sagt ihre Mutter, aber das erspart ihr nicht den Lebensweg, den sie geht. Deshalb ist sie froh, wenn Männer für den Club hohe Eintrittspreise aber auch emotional und körperlich enorme Preise zahlen müssen.

Heute sind die Körper dran! In dem Dreiklang aus Geld, Emotion und Körper ist der letzte Punkt der Interessanteste, denn dieser Punkt ist kritisch. Geld hat sie sich wirklich ausreichend erarbeitet. Emotionen hat sie für sich abgehakt. Körper und deren Besitzer sind der zwar Manipulierbarste, aber doch der unberechenbare Aspekt.

„Ich bin eben etwas ganz Besonderes", sagt sie zu sich und taucht in das Clubleben ein. Sie liebt Sex und das lieben Männer an ihr. Dieses Erstaunen, wenn sie ihnen verrät, dass sie nicht mit ihren

Emotionen an diesem Sexmoment hängt, sondern, dass sie gleich weiter gehen wird zum Nächsten, der sie auch wieder zum Orgasmus bringt.

Zwischendurch wäscht sie sich den Männergeruch ab und macht sich wieder frisch. Würde sie das nicht tun, hat ihre Scham immer noch die Hitze von Mann eins. Wenn sie sich mit Mann zwei einlässt, will sie diese erste Hitze und Weichheit ihrer Muschi nicht.

Sie wischt die Vorgänger-Lust im Bad des Clubs einfach weg. Mit Desinfektionsmitteln und einem rauen Wachlappen, in den sie manchmal Eiswürfel aus ihrem Drink füllt, um ihre Vulva noch etwas schneller zu beruhigen. Wenn dann der nächste bestellte Schwanz da ist, trifft er auf ein enges kleines Ding, an dem er richtig arbeiten muss, bis es zur Aufnahme bereit ist.

Zum Orgasmus kommt sie immer. Sie nimmt sich die Orgasmen.

Ganz selten lässt sie die Männer spüren, dass sie kommt. Sie genießt es in sich. Kaum ein Mann hat das Teilen eines Höhepunktes verdient. Die anschließende Selbstüberschätzung, der Triumph und dieser gespielte Anspruch auf sie, ihren Körper, ihre Liebe machen sie krank. Nein.

Den Höhepunkt nehmen und nicht teilen, ist genau ihrer Art, den Sex zu genießen.

Danach keine Fragen, keine Drinks und keinen einzigen Kuss mehr. Einfach nur Desinfektionsmittel und die Eiswürfelkühle, um in ein neues Date einzusteigen.

Wie Verreisen in ein fernes aufregendes Land, aber das Haus und alle Möbel kommen mit.

Sechste von sechs Leidenschaftlichkeiten

Der erwachende Abend wird, wie fast immer, mit einem Glas Wein eingeläutet. Heute Weißwein. Chardonnay. Sie gießt sich schon in der Küche ein, nimmt einen kleinen Schluck, nur für den Geschmack und das Gefühl auf der Zunge. Dann geht sie zum Waschbecken, um dort die Sachen mit der Hand abzuwaschen, die es heute Abend nicht mehr mit in den Geschirrspüler geschafft haben.

Das Kind liegt jetzt gut 20 Minuten im Bett und die Erfahrung sagt, dass es auch nicht mehr aus dem Zimmer kommt. Wahrscheinlich schläft der Kleine schon. Er muss sehr erschöpft sein. Ole und sie waren heute im Wildpark. Mal wieder ohne Mann. Mal wieder ohne Vater. Na klar. Seit Ole auf der Welt ist, ist sie nahezu auf sich allein gestellt. Ole, Arbeit, möglichst sogar Karriere, Haushalt. Alles liegt auf ihren Schultern. Ihr Mann kann einfach nicht anders, kann nicht helfen, sie nicht entlasten. Er ist einfach zu besonders. Zu eingespannt. Zu klar in sich und seinen Prioritäten.

Sie will jetzt gar nicht daran denken, denn diese Gedanken sind nicht fair. Sie will einen schönen Abend. Und: Sie ist riemig. Und zwar richtig riemig. Richtig riemig ist die Sprache in dieser Beziehung. Beide mögen dieses Wort. Andere sagen dazu „Lust auf Sex". Riemig meint für die beiden noch mehr. Wenn diese Lust von ihr aus geht, dann meint sie, dass sie sehr geil auf den sehr gut in sie passenden Schwanz ihres Mannes ist. Auf seine Küsse. Seine Brusthaare und seinen Geruch. Sie schmunzelt schon beim Abwaschen vor sich hin. Ihr feuchtes Höschen freut sie, denn schon jetzt ist sie in Gedanken bei dem, was sie in etwa einer halben Stunde bei ihrem Mann auslösen wird. Er ist überrascht, denn doch eigentlich immer zu müde für „so was" in der Woche. Aber sie kennt seine Knöpfe, die sie drücken muss, um an ihr Ziel und irgendwann an ihre eigene Befriedigung zu kommen. Sie muss präzise vorgehen und sich im richtigen Moment fallen lassen, damit sie auf ihre Kosten kommt. Aber das wird heute gut klappen. Sie schwimmt fast weg und in ihrem Kopf vermischen sich das warme Waschwasser und die Nässe beider Körper miteinander.

Es klatscht und quatscht und ist warm und voll. Aber was, wenn es doch nicht klappt? Seine Energie heute eine ganz andere ist, als sie denkt und hofft. Irgendetwas einfach anders ist, an dem sie nichts ändern kann, auch wenn sie es von Herzen will? Nein. Sie wird es schon schaffen, ihn mitzunehmen. Mitzureißen und endlich mal wieder Geilheit in seinen Augen zu sehen. Seinen Blick. Ein wenig abwertend und auf jeden Fall anspruchsvoll fordernd und liebend. Diese Mischung liebt sie an ihm. Alles wird so beginnen: Sie wird ganz nebenbei in das Wohnzimmer kommen und ihr Glas etwas ungeschickt abstellen, indem sie sich über ihn beugt, um den Tisch zu erreichen. Dabei wird ihr Busen seinen Oberarm berühren und schon wird er wacher. Er wird von seiner Zeitung aufsehen und innehalten. Lunte riechen. Sie wird sich wieder zurückziehen und so zufällig und unbeteiligt tun wie nur möglich. Sich auf den Sessel ihm gegenüber setzen. Er wird irgendwann über die Zeitung sehen und versuchen, etwas zu sagen. Das wird sie gar nicht beachten, sondern gleich unter seine Zeitung hindurchtauchen und sich an seinen Reißverschluss machen.

Sie wird dieses wundervolle schon halbfeste Teil aus dem Hosenschlitz holen und ihn sofort in den Mund nehmen. Sie liebt es, wenn sie für diese Initiative schnelle Resonanz bekommt und sein Schwanz auf die doppelte Größe anwächst. Ihr Mund wird voller und es geht nicht mehr, dass er seine Hose anbehält. Sie lässt ihn aufstehen. Weg mit der Hose! Jetzt liegt und vor allem steht alles vor ihr und sie bestimmt, dass es in der gleichen Position weiter gehen soll. Nur hat sie jetzt noch freieres Feld. Sie bekommt seinen Schwanz jetzt komplett in den Mund. Und sie weiß, dass ihn das an den Rand eines Orgasmus bringt. Etwas zu viel Unterdruck am Gaumen und sie kann es kommen fühlen. Aber genau das soll es an dem Abend nicht geben, denn heute ist auch sie dran. Er wird keine Initiative übernehmen und sie kann frei handeln. Sie mag es manchmal noch mehr, wenn er dann doch das Ruder an sich reißt und sie heftig nimmt ohne abzuwarten und ihre Signale selbstbewusst egoistisch ignoriert.

Heute soll das nicht so sein. Sein Schwanz steht und er sitzt noch immer in seinem Lesesessel. Die Armlehnen sind nicht besonders hoch und sie nimmt sein Teil in die Hand, schwingt sich mit beiden Beinen auf ihn und gleitet mit ihrer ganzen warmen weichen Nässe über seine Fülle. Dann kommt dieses Ausatmen von ihm. So vertraut. Eine Art Stöhnen, das er nur macht, wenn er wirklich nicht mehr zurück kann und seine Maschine läuft. Etwas zwischen Leidenschaft und Verzweiflung. Er kann nicht weg und sie hat die Bewegungen voll unter ihrer Kontrolle. Die niedrigen Armlehnen lassen es zu, dass sie selbst bestimmt, wie schnell und wie tief die Situation werden soll. Die beiden lieben es, wenn sie dabei zusehen, wie er in ihr verschwindet und wieder heraus kommt, um dann noch inniger und mit noch mehr Liebe zurück in sie darf. Er beginnt, sich etwas ungestüm unter ihr zu bewegen. Er will es schnell. Tiefer. Härter. Das Einzige, was sie in dem Moment tun muss, ist, entweder ihr Becken abzusenken, um sein Sperma zu empfangen oder eine Hand auf seinen unteren Bauch zu legen und sich auf den Armlehnen mit den Beinen etwas aufzustellen. Mit dieser Aufwärtsbewegung entschärft sie die Situation. Sie entzieht sich und schon hat sie alles wieder im Griff. Sie reitet ihn und hat doch Abstand. Sein Schwanz ist immer fast aus ihr heraus und kommt nur bis zur Hälfte in sie hinein. Sie mag das, weil sie seine Form zwischen ihren Lippen dann genau fühlen kann. Diese pralle rote Spitze seines Schwanzes, die sich den Weg in sie bahnt und sie dabei immer wieder weitet. Wie eine gewohnte und geliebte Kontur.

Es ist die Balance zwischen vertraut und aufgeregt. Wie Verreisen in ein fernes aufregendes Land, aber das Haus und alle Möbel kommen mit. Dieses Mal ist es ihr innigster Wunsch, diesen Moment festzuhalten. Ihn ewig werden zu lassen.

Und plötzlich ist sie sich gar nicht mehr ganz sicher. Es gibt ein Innehalten, eine kleine Traurigkeit. Dabei ist alles schön. Ihr Leben ist grundsätzlich schön. Ihre Ehe. Ihr Kind. Ihr Umfeld. Alles ist auf eine gewisse Art anstrengend, aber auch schön. Vielleicht ist das das Leben? Sie kann es nur ahnen. Aber sie weiß, dass sie eine Entscheidung getroffen hat. Sie weiß, dass sie ihre Frau steht und sie weiß auch, dass sie das, was sie tut, ernst meint. Sie kommt aus dem Takt und wirkt kurz frustriert. Er hat es nicht bemerkt, weil er weiter unter ihr „wurschtelt". Weil sie an das Wort „wurschtelt" denkt, lächelt sie kurz. Das allerdings hat er bemerkt und schenkt ihr ein Lächeln zurück, während er versucht, sein Teil so in sie zu bekommen, dass er möglichst viel Enge und Nässe fühlen kann. Er will sie befüllen. Mit seinem Saft. Sie weiß das und sie will das auch. Sie ordnet die Situation und bewegt sich fließend auf und ab. Ab und zu unterbricht sie und schiebt auf gleicher Höhe ihr Becken vor und zurück. Das ist die Bewegung, die ihr den Orgasmus bringen wird. Und sie reitet ihn. Reitet vor und zurück. Vor und zurück. Er packt ihre Schulter, versucht sie stärker zu sich und auf sich drauf zu drücken. „Kommst du mit mir?" fragt sie und schaut ihn energisch an. Er sagt „Ja" und sie weiß, dass er lügt. Er wird einige Sekunden später kommen.

Umso mehr Glück für sie, denn dieses Puckern von ihm beschert ihr vielleicht keinen zweiten Orgasmus, aber es fühlt sich noch mal so gut an, wenn er alles in sie spritzt. Alles in sie und nur in sie. Es puckert. Aber es puckert nur in ihrer kleinen nassen Spalte. Ohne seinen Schwanz.

Sie steht noch immer in der Küche an der Spüle und wäscht die Sachen ab, die es nicht in die Spülmaschine geschafft haben. Sie stellt die Sachen auf den Abtropf links neben der Spüle. Wischt noch einmal über die Arbeitsplatte. Lässt Wasser über den ausgebreiteten Lappen laufen. Drückt das Wasser heraus und hängt ihn über den Wasserhahn, damit er trocknen kann. Dann nimmt sie den Lappen noch mal und wischt über die Edelstahltür des Kühlschrankes. Wenn sie schon dabei ist, könnte sie auch sich gleich den Herd ansehen. Ole hat gestern versucht, selbst Pizza warm zumachen. Leider nicht auf einem

Ofenblech mit Backpapier, sondern auf dem Backrost und ohne. Der Käse ist auf dem Herdboden festgebrannt und den Rost müsste sie irgendwie einweichen. Sie nimmt das Herdspray und sprüht alles ein. Dann könnte sie ihn morgen, direkt wenn sie von der Arbeit kommt, auswischen. Danach Ole aus der Schule abholen und dann hat sie nur noch das Übliche zu tun, Waschen. Kochen. Die Bude sauber halten. Schulaufgaben mit dem Jungen.

Das Spray zurück in den Schrank und noch mal überlegen, was noch in der Küche zu tun sein könnte. Sie will nicht ins Wohnzimmer. Aber sie muss, denn von dort geht die Tür ins Schlafzimmer.

Sie beugt sich halb aus der Küche ins Wohnzimmer, als würde sie den Türrahmen umarmen. Ein Blick. Im Wohnzimmer liest niemand Zeitung. Es liegen noch viele Postkarten auf dem kleinen Tisch. Eigentlich will sie die schon seit einem Monat wegräumen.

„Muss man auf Trauerkarten eigentlich antworten?" murmelt sie zu sich.

Sie weiß es nicht und wird es morgen googlen. Sie schiebt ihren Oberkörper aus dem Wohnzimmer zurück in die Küche, visiert den Lichtschalter an, als ob sie den nicht auch ohne zu schauen finden würde und löscht das Küchenlicht. Sie will nicht durch das Wohnzimmer, in dem niemand liest. Sie huscht dann doch über die Schwelle. Knipst das Leselicht im Wohnzimmer aus und geht Zähne putzen. Nein, Trauerkarten können, müssen aber nicht persönlich beantwortet werden, googelt sie im Bad. Eine Anzeige in der Zeitung reicht manchen, aber sie hat noch Zeit, sich das zu überlegen.

Sie geht noch mal ins dunkle Wohnzimmer. Nimmt die gut 50 Karten mit ins Bett. Sie breitet alle auf der Bettseite ihres Mannes aus und schließt die Augen. Die geschlossenen Lider werden merkwürdig dick. Füllen sich mit Tränen, bis sie die Augen wieder öffnet. Ein Schwall fließt über ihre Wangen. Es wird wieder eine Nacht zwischen Wachen, Weinen und vor Erschöpfung kurz schlafen. „Ich vermisse alles von dir, mein Schatz. Alles."

Nachwort (nur für Männer)

Wenn meine dreijährige Tochter an der Wursttheke ein kleines Würstchen geschenkt bekommt, dann muss die Pelle runter. Das nervt. Ich fummele das immer ab und packe alles in ein Taschentuch. Spätestens die Obstabteilung rettet mich und ich stecke das Gematsche nicht in meine Hosentasche, sondern in den Müll.

Anstellerei? Ja vielleicht. Ich jedenfalls stehe immer verwirrt vor meiner Frau, wenn sie die Pelle mit dem Mund abzieht, beiläufig kaut, herunterschluckt und dem Kind die nackte Wurst überreicht. Das ist nur ein Beispiel für eine sonderbar beneidenswerte Selbstlosigkeit.Es gibt bei diesem anderen Geschlecht irgendeine andersartige Leidenschaft. Ganz im Sinne von Leiden.

Leidensfähigkeit, die eigentlich eine Leistungsfähigkeit ist. Eine Art Hingabe, die ich nie ganz verstehen werde. Es ist, als wären sie näher an der Erde, ja sogar wie die Erde. Sie nehmen alles in sich auf. Material. Verschmutzungen. Flüssigkeiten. Stress. Hass. Liebe.

Es hat den Anschein, als würden sie auch nie vergessen, was sie in sich tragen und sie handeln oft klüger als ich, denn sie legen das, was sie in sich haben, zugrunde für ihre Entscheidungsfindung.

Für mich ein ganz klares Wunder.

Das, was wir beitragen können, um mehr solcher klaren, starken Frauen um uns zu haben, ist ihnen den Raum zu geben so zu sein wie eine gesunde Erde.

Männer, geht mit Liebe für euch selber und für sie auf eure Frauen zu. Immer.

Dank an

Jessika

Holger Konrad

Zum Verständnis

Hier ist nichts gegendert und es geht hier immer um ein klassisches Frau-Mann-Verhältnis.

Ich weiß, dass es andere Konstellationen gibt – diese sind aber einfach nicht mein Thema.

Fuzzy